Ye

23708

LARMES D'UN BARDE

SUR LE

FANATISME POLITIQUE,

A L'OMBRE DE CASIMIR PERIER.

POÊME LYRIQUE EN TROIS CHANTS,

PAR F.-L. GROULT DE TOURLAVILLE,

AUTEUR DU POÊME DE LA RÉVOLTE DES 5 ET 6 JUIN.

Quæ tanta insania, Cives?
(VIRG.)

BIBLIOTHÈQUE ROYALE

PARIS,

CHEZ DENTU, LIBRAIRE, AU PALAIS-ROYAL.

1833.

Imprimerie de David,

FAUBOURG POISSONNIÈRE, N° 1.

PRÉFACE.

QUELS étaient les griefs de la France avant le parjure ?
provocation à la guerre civile et étrangère, armées
ennemies écrasant les Français, commissions militaires,
cours prévôtales, sept cents millions aux alliés, un mil-
liard aux émigrés; joignez à cela l'invasion des jésuites,
et avec eux la fraude, la violence, les catégories, les
proscriptions, la discorde dans les familles, l'arbitraire,
le vol des deniers publics, le parjure, l'esclavage : voilà l'abrégé de la restauration !

Que demandait la colère du peuple ? la charte,
l'ordre public, la liberté, l'union politique, le règne
des lois, la destruction des abus, la gloire des lettres,
l'honneur de la magistrature, l'égalité des supériorités
de mérite, de naissance, de fortune; une semblable pro-
tection pour les places, les grades, les dignités; on
voulait que l'homme instruit, honnête et zélé ne fût
plus oublié, dédaigné, méprisé; on voulait, avant tout,
que la nation reprît son rang à la tête des nations de
l'Europe, et qu'elle ne fût plus vassale de la tiare.
Eh bien! la révolution de 1830 a couronné nos vœux!
ce que nous désirions, nous l'avons obtenu, et les accens

d'une joie vraiment nationale ont retenti sur tous les points de la France. Il semble qu'après un succès si inespéré tous les esprits devaient s'unir dans un même sentiment de bonheur.

Cependant les passions politiques font explosion ; on insulte le Roi, la famille royale, les ministres, les chambres, les magistrats, les citoyens les plus recommandables par leurs lumières, leurs talens, leurs services et leur dévoûment à l'ordre établi ; on provoque à la guerre civile, on désigne par leurs noms ceux que la vengeance publique doit immoler !... en un mot, le fanatisme politique est au comble !...

D'où peut donc naître cette fureur ? quelles sont les lois qu'on a violées ? où est le pouvoir absolu ? les citoyens ne sont-ils plus nos juges ? nos paroles, nos actions sont-elles justiciables des cours prévôtales ? vivons-nous sous le règne superstitieux et féroce de Charles IX ? où sont les moines inquisiteurs ? quels sont les infortunés qu'on a envoyés en exil, et dont on a confisqué les biens ? a-t-on planté des échafauds sur les places publiques ? quelles sont, enfin, les victimes qui crient vengeance ? Imposteurs, répondez ! car la patrie est lassée de tant d'horreurs !

Un Roi populaire et constitutionnel, ami des lois, protecteur éclairé des sciences, des arts, de l'industrie, laborieux, actif, infatigable, sans cesse occupé du bonheur, de la gloire et de la liberté du peuple français, qui justifie et accroît chaque jour la confiance, l'amour et le respect que la nation lui accorde en reconnaissance de ses vertus, de sa sagesse et de son dévoûment, aura tous les cœurs braves, honnêtes et généreux pour le défendre contre la rage des factieux. Les princes qui s'appuient sur de bonnes lois triomphent toujours des passions politiques.

C'est ce fanatisme que je combats aujourd'hui, dans cet opuscule, avec toute l'indépendance qui convient à un homme de lettres ; j'écris avec mon cœur : honte éternelle à ceux qui déguisent leurs pensées ! infamie aux écrivains qui puisent leurs inspirations à une autre source ! Depuis la révolution de juillet, j'ai publié deux petits poëmes * que l'indulgence publique a daigné accueillir favorablement.

Le respect dû au Souverain constitutionnel que les vœux de la France ont appelé sur le trône, la liberté, si digne d'un grand peuple, l'obéissance aux lois, l'ordre public, la haine de l'anarchie, telles sont les pensées dominantes de ces deux débuts littéraires, dont plusieurs journaux politiques n'ont pas dédaigné de faire l'éloge. D'autres feuilles publiques, moins importantes et qu'on lit quelquefois pour rire, sans critiquer mon style, ont pris plaisir à blâmer quelques-unes de mes pensées. Je me garderai bien de leur en faire ici un reproche et de les accuser de mauvaise foi. Il est des plumes qui honorent ceux qu'elles attaquent. J'aurais été bien humilié si ces prétendus défenseurs de la morale et des intérêts populaires m'avaient trouvé de leur avis : je ne me plaindrai donc point de leurs diatribes.

Un auteur publie un ouvrage, on le critique ; tant mieux ! Il n'y a que les mauvais livres, dont on ne dit ni bien ni mal. Le silence est un mépris ; mais toute critique est juste ou injuste : qu'importe à l'auteur ? Il fait son profit de tout ; son œuvre est une propriété pu-

---

* Le Soleil de Juillet et le poëme de la Révolte des 5 et 6 Juin.

blique : la satire a le droit d'en mesurer toutes les di-
mensions et d'en peser le mérite. Si elle est injuste, il
la méprise; si elle est juste, il corrige son ouvrage.
Telle est la conduite d'un auteur, et, à mon avis, elle
n'est pas si mauvaise.

LARMES D'UN BARDE

SUR

LE FANATISME POLITIQUE,

Chant Premier.

> Ignea corda fremunt.
>
> CLAUDIEN.

Ah! sous mon humble toit, si voisin des orages,
Quand mon âme, planant au‑dessus des nuages,
Demande au Ciel un bien qui me fuit ici‑bas,
Quel fantôme, à mes yeux, sous des voiles funèbres,
Jette un pâle rayon à travers les ténèbres,
    Et veut s'attacher à mes pas ?

Perier ! pourquoi troubler ma douleur fugitive
Qui soupire, à minuit, sa romance plaintive ?
Entends‑tu, dans les cieux, la voix des ouragans,
La mer rouler ses flots sur ses rives tremblantes
Et du peuple en fureur les vagues mugissantes
    Vomir des cadavres sanglans ?

Oh ! laisse-moi pleurer, assis sur ces ruines,
Mon pays déchiré de guerres intestines,
La Thèbes de la Seine et ses nobles enfans !...
Qu'un manteau funéraire ombrage ces décombres !
De tous mes frères morts j'entends gémir les ombres...
    Oh ! laisse - moi pleurer long - temps !

J'ai vu le glaive impie armer les Euménides,
Des Français, égorgés par des mains parricides,
Expirer au milieu des plus noires horreurs !
De pauvres orphelins, des veuves désolées
De leurs larmes de sang baigner des mausolées !...
    Laisse , laisse couler mes pleurs !

Eternel ! ta splendeur éclate sur nos têtes ,
Tu marches sur les vents, montes sur les tempêtes,
L'Univers t'a nommé le Père des humains !
En voyant les forfaits tramés par la vengeance ,
Tu n'as point abaissé tes regards sur la France
    Livrée à de vils assassins !...

Au-delà des soleils semés dans l'étendue,
Lieux où finit le monde et se perd notre vue,
Dieu règne environné de feux étincelans ;
Rois, Dominations, le ciel, la terre, l'onde ,
Sans jamais altérer sa sagesse profonde,
    Roulent dans l'abîme du temps.

Jadis, pour appaiser nos sanglantes querelles,
On vit les Séraphins, qu'il couvre de ses aîles,
Quitter pour un instant le séjour des élus ;
Mais depuis qu'un démon, atroce en sa colère,
A de crimes sans nombre épouvanté la terre,
    Hélas ! ils ne sont pas venus !...

Ont-ils abandonné notre triste planète ?
Gémirons-nous toujours sous l'ardente comète
Dont les torrens de flamme ont embrâsé les airs ?
Quel silence d'effroi ! quel deuil dans la nature !
Nul ange n'apparaît dont la voix nous assure
     La fin de nos tristes revers !...

Oui, l'homme est bien cruel quand il cède à la rage !
Rien ne résiste aux feux de ce brûlant orage ;
Le ciel menace en vain d'envoyer le trépas :
Pareil aux flots ardens d'un horrible incendie,
Tout excite, nourrit, augmente sa furie,
     La foudre éclate., il n'entend pas !

Eh ! cependant de Dieu la sagesse éternelle
Alluma son esprit d'une flamme immortelle !
Il connaît ses devoirs, il prévoit sa grandeur ;
La nature est un livre où la Toute-Puissance
Fait briller les rayons de sa magnificence ;
     En lui révélant son bonheur.

N'importe !... les lions, les ours et les panthères,
Sortant avec fureur de leurs sombres repaires,
Ne dévorent la chair que pour dompter la faim ;
Mais lui, pour un regard, s'élançant sur sa proie,
Sans se rassasier, dans sa féroce joie,
     Boit à longs traits le sang humain !

Pologne ! quel fracas ! quelle horrible tempête !
La foudre impatiente a grondé sur ma tête !
Quoi ! des hordes du nord j'entends rugir les flots !
Armez-vous, accourez, généreux Moscovites,
Guerriers de Sibérie, armez les prosélytes,
     Venez secourir des héros !

Accourez !... vain espoir ! aux bords de la Vistule,
Le despote s'avance et l'Europe recule !...
Malheureuse Pologne ! après tant de succès !
Que dis-je ? Infortuné !... quelle douleur m'égare !
Hélas ! je ne suis point sur la terre barbare !
  Je suis au milieu des Français !

Oui, c'est bien à Paris que le tonnerre gronde :
Ce torrent furieux, qui bouillonne et l'inonde,
Est composé des flots d'un peuple révolté !
Ah ! quelle soif de sang !... vainqueurs des trois Journées !
Vous avez donc trahi les grandes destinées
  Que promettait la liberté !...

Quand le bronze enflammé tonne aux mains du parjure,
Un cri d'effroi s'élève au sein de la nature :
Généraux, magistrats, philosophes, guerriers,
La patrie, en danger, vous a donné des armes,
Pour conserver sa gloire et calmer ses alarmes,
  Qu'il tombe mourant à vos pieds !

Toi, dont le cœur s'enivre aux sources de la haine,
Qui mords, en rugissant, cette éternelle chaîne
Unissant l'âme au Ciel et les peuples aux rois,
Réponds : ton bras de fer, guidé par la furie,
A-t-il servi ton Dieu, ton Prince et ta Patrie,
  En déchirant toutes les lois ?

Non, non, la liberté, la fille de Dieu même,
De célestes vertus ornant son diadème,
Sur des peuples plus doux épanche ses trésors ;
Comme un ange de paix qui fuit loin des orages,
Elle aime un sol tranquille où des hommes plus sages
  Vivent dans d'éternels accords.

Les ombres de la nuit enveloppaient la terre,
Et tous les malheureux, oubliant leur misère,
Savouraient dans la paix, les douceurs du sommeil ;
Tout reposait ; moi seul je veillais dans les larmes !
Hélas ! depuis long-temps je n'ai goûté les charmes
    D'un songe qui fuit au réveil !

Pensif et remontant le fleuve de la Seine,
Je dirige mes pas vers le bois de Vincenne :
Mille flambeaux brillaient à la voûte des cieux,
Et la lune, à travers un nuage électrique,
Versait sur la forêt un jour mélancolique,
    Comme un phare mystérieux.

O prodige ! en ce lieu, tandis que tout sommeille,
Quelle plaintive voix a frappé mon oreille ?
Je me croyais ici le seul infortuné !
Avançons... Mais que vois-je ? ô douleur ! ô surprise !
Une Vierge, au front pâle, au pied d'un chêne assise,
    Pleurait son temple profané.

« Les barbares, dit-elle, ont souillé, dans leur rage,
» L'autel où j'ai reçu leur fraternel hommage !
» Voilà donc quelle était leur sainte piété !
» O fureur sacrilège ! anathème ! anathème !
» Les cruels ont placé le sanglant diadème
    » Sur le front de la Liberté !

» Je suis déshonorée au beau pays de France ;
» Mais un monstre naîtra de leur lâche licence !
» Et ses ongles de fer creuseront des cachots,
» Où l'honneur, la vertu, la sagesse, le crime,
» Ensemble confondus dans un horrible abîme,
    » Me vengeront de tous mes maux. »

A ces tristes accens, la Déesse en furie,
Fuyant avec horreur une ingrate patrie,
Vole, comme l'éclair, au sein de l'Éternel.
En vain, pour retenir cet ange que j'adore,
Ma suppliante voix la rappelle et l'implore,
Elle maudit un sol cruel.

FIN DU PREMIER CHANT.

Chant Deuxième.

Civis obiit. . . . .
. . . . Pacem armatus amavit ,
Casta domus, luxuque carens, corruptaque nunquam
Fortuna domini. Clarum et venerabile nomen
Gentibus, et multùm nostræ quod proderat urbi.
(Lvcain.)

L'éloge d'un grand homme est la leçon du monde ;
Comme un brillant soleil, il pénètre, il féconde :
Ombragez son tombeau de funèbres cyprès;
Que son buste d'airain surmonte sa colonne !
S'il défendit nos droits, s'il fut l'appui du trône,
    Salut à ses mânes sacrés !

Mais ce vil espion, assassin politique,
Qui, sous un zèle faux pour la chose publique,
A peuplé d'innocens les cachots de l'État;
Mais cet adroit flatteur dont l'infâme bassesse
Trahit la nation dans son roi qu'il caresse
    Et nous révèle un scélérat ;

Mais cet homme inhumain dont l'avide furie
Pour amasser de l'or égorge la patrie;
Mais ce lâche qui fuit le drapeau de l'honneur ;
Si de leurs jours flétris on n'a rompu la trame,
S'il est encore un lieu dont l'ombre les reclame,
    Voici cet asile d'horreur.

Sous les glaces du nord, dans ces forêts sauvages
Où le tigre affamé promène ses ravages,
Qu'ils aillent engloutir leur honte et leurs remords !
Que leurs noms soient rayés des pages de l'histoire !
L'État dont leur conduite empoisonne la gloire
    Les rejette loin de ses ports.

Quoi ! j'aurai vu mon fils traîné dans la poussière,
Défendant sa patrie et les jours de son père,
Expirer sous les coups de leurs mille poignards !
J'aurai vu la fureur renverser les murailles,
Sur les pavés sanglans semer les funérailles,
    Et je louerais ces léopards ?

Tu nous parles de paix ? la haine te dévore ;
Du sang que tu versas tes mains fument encore !
Tu frémis !...ah ! cruel ! je te connais trop bien !...
Ose fixer sur moi ton œil brûlant de rage...
Au front des innocens brille un jour sans nuage...
    La honte colore le tien !...

Qu'est-ce que la grandeur ? un rayon de sagesse
Qui brûle une belle âme et l'éclaire sans cesse.
Un prince citoyen qui règne par les lois,
Entretient dans l'État le repos, l'abondance,
Et du flambeau des mœurs embellit l'existence
    Me semble le plus grand des rois.

La vertu citoyenne est l'astre du grand homme.
L'incorruptible Sparte est plus noble que Rome.
César ambitieux est moins grand qu'Antonin.
Les triomphes brillans, le fracas des conquêtes,
Le vautour qui s'élève au-dessus des tempêtes
    Sont les fléaux du genre humain.

Telles étaient, Perier, tes savantes maximes :
Ton esprit lumineux et tes vertus sublimes
Devinrent le flambeau des ministres français;
L'honneur, la probité, la force, la justice,
L'amour de ton pays et ta haine du vice
      Ont éternisé nos regrets.

Le mérite est un don que te fit la nature;
Cet astre étincelant d'une lumière pure
S'embrâsait, nuit et jour, au foyer de ton cœur.
Maître des factions, appui de la couronne,
Tu sus, malgré leurs vœux, payer de ta personne
      Et cimenter notre bonheur.

Les talens languiraient sans un dieu tutélaire.
Celui qui possédant l'heureux don de te plaire,
Fécondait des vertus le précieux trésor,
Allumait dans les cœurs l'amour de la patrie,
Ta généreuse main sur le front du génie
      Plaçait une couronne d'or.

Dans ceux qu'on nomme grands combien de petitesse !
L'orgueil par de vains noms remplace la sagesse;
Il compte ses valets, ses terres, ses aïeux,
Fait de titres sans fin de pompeux étalages,
Se croyant un grand homme avec ses équipages,
      Tout le monde est peuple à ses yeux.

Qui donc es-tu, méchant, pour mépriser les hommes?
Penses-tu m'éblouir par de brillans fantômes?
Qui t'élève au-dessus de tout le genre humain?
Ton rang, tes qualités, tes châteaux, tes services?
Combien d'hommes obscurs, exempts de tous tes vices,
      Sont dignes d'un meilleur destin!

Apprends à respecter les pauvres que tu braves :
Point de rois qui n'aient eu des aïeux pour esclaves;
Point d'esclaves qui n'aient des rois pour leurs aïeux.
Nous sommes tous égaux : qu'importe la naissance?
C'est le mérite seul qui fait la différence :
  Le hasard est rien à mes yeux.

Oui, tremble d'insulter au poète qui pense !
Le salpêtre s'enflamme au feu de l'éloquence ;
Le pinceau d'Arétin faisait pâlir les rois !
Le génie est semblable aux puissantes armées,
Sous sa plume de feu les grandeurs abîmées
  Ont disparu plus d'une fois.

La raison a brisé de barbares entraves ;
Sous le ciel de l'Europe on ne veut plus d'esclaves;
Les rois jugent le peuple, et le peuple, les rois !
S'ils cessent de marcher dans la route tracée,
La foudre suit bientôt l'éclair de la pensée
  Et les livre au glaive des lois.

Un grand par sa hauteur insulte au diadème;
Son dédain affaiblit l'autorité suprême ;
Car le peuple indigné s'éloigne des tyrans :
Il ne demande pas qu'on lui rende d'hommages,
Mais il recèle en lui les flèches des orages
  Pour en frapper les insolens !

Il faut en imposer au stupide vulgaire :
Une gravité froide, un langage sévère
Conviennent quelquefois au milieu d'un palais;
Mais craignez les accens des muses offensées;
Il faut humaniser son corps et ses pensées,
  Si l'on veut conserver la paix.

Du peuple avec les grands voilà les destinées :
Il a conquis ses droits dans ces belles journées
Où le bronze tonnait jusqu'aux voûtes du ciel ;
Il était un peu tard ; mais enfin la victoire
Est un présent bien doux, quand un rayon de gloire
  Le rend digne de l'Éternel.

Trois jours le peuple-roi règne au sein de l'orage ;
Mais, faisant de son droit un salutaire usage,
Il porte d'Orléans au sommet de l'État ;
La France répondit à cet acte sublime,
Et les nobles transports d'un amour unanime
  Ont consacré le Potentat.

Philippe est proclamé par les vœux de la France ;
La base de son trône est notre indépendance ;
Il ne peut s'écrouler qu'avec la liberté :
S'il est un droit divin, c'est le droit populaire,
Lui seul fait le contrat du Prince qu'on révère,
  Lui seul créa sa royauté.

Le vœu national remplace le saint-chrème ;
Au pavois populaire il reçut le baptême :
Sa légitimité c'est le Peuple et la Loi.
Le trône qui n'a pas la nation pour base,
Tombe sous les pavés du peuple qui l'écrase ;
  C'est elle qui choisit son Roi.

O honte !...et cependant un parti sanguinaire,
Reste impur des brigands qu'enflamma Robespierre,
Pousse des cris de mort aux portes du palais !...
Le crime en traits de feu peint dans son œil farouche
Et les lâches horreurs qui sortent de sa bouche
  Présagent les plus noirs forfaits !

Mais de ces fiers Romains, dont l'insolente audace
Prodigue, à tous momens, l'injure et la menace,
J'ai vu les fronts soumis adorer le pouvoir ;
Je les ai vus, brûlans d'un amour monarchique,
Des plus sombres couleurs peindre la république
    Qui serait notre désespoir !

D'un changement soudain quel est donc le mystère ?
La liberté, les arts, la gloire militaire
Ont-ils, depuis deux ans, perdu de leur splendeur ?
D'où peut naître en leur cœur tant de fiel et de haine ?
Philippe avilit-il la grandeur souveraine
    Qu'il consacre à notre bonheur ?

FIN DU DEUXIÈME CHANT.

Chant Troisième.

Medio tutissimus ibis.
(Ovide.)

Oui, malgré ses écarts et sa licence infâme,
La presse est un trésor et le flambeau de l'âme ;
C'est un rayon des cieux, quand l'honneur la conduit.
Qu'il périsse à jamais sous les feux de la foudre,
L'Omar qui tenterait de la réduire en poudre,
    Pour nous replonger dans la nuit !

Quand le fils du Soleil, dans son transport avide,
Précipitant son char dans les plaines du vide,
S'élança radieux à la cîme des airs,
Ne pouvant arrêter sa course vagabonde,
La chaleur consuma le ciel, la terre, l'onde,
    Et faillit brûler l'univers.

Ainsi, quand de la presse un ami téméraire
Agite aveuglement la flamme incendiaire,
Portée avec fureur sur les ailes des vents,
Loin de nous éclairer de ses lueurs divines,
Sur un sol vocanique entassant les ruines,
    Elle détruit les élémens.

Mais pour nous préserver de ses vives atteintes,
Jetant aux vents les flots de ses cendres éteintes,
Faut-il anéantir jusqu'à son nom sacré ?
Ou que, pour nous venger de ses mille blessures,
L'écrivain dans les fers subisse des tortures,
    Comme un scélérat abhorré ?

La raison a toujours commandé l'indulgence ;
La tendre humanité prescrit la tolérance ;
On brave le pouvoir qui vit par la terreur :
La discorde naquit du sein de la torture ;
La persuasion, à la voix douce et pure,
    A toujours triomphé du cœur.

Pourquoi l'infortuné dont la plume s'égare
Gémirait-il au fond d'une prison barbare ?
Ce qui vous semble clair peut lui paraître obscur.
La justice défend cette rigueur funeste :
Peut-être qu'un rayon de lumière céleste
    Fera briller un jour plus pur.

L'erreur n'est-elle pas notre triste apanage ?
Hélas ! notre ennemi souvent est le plus sage.
Ne tourmentez jamais l'écrivain obstiné,
Soyez plus généreux, dites-vous en vous-même :
J'adoptai quelquefois l'effroyable système
    Qu'auparavant j'ai condamné.

Il est des ignorans qui se mêlent d'écrire ;
Les sophismes adroits que la malice inspire
Sont à leurs faibles yeux une suprême loi ;
Ayez compassion de leurs rêves funèbres !
L'erreur les accompagne au milieu des ténèbres ;
    Ils ont menti de bonne foi.

La seule intention fait l'essence du crime :
Si le discernement accuse la victime
Et révèle aux regards un monstre perverti ,
Que le glaive des lois frappe la perfidie !
Il faut sauver l'Etat des maux de l'anarchie
    Que trame un coupable parti.

Ces sentimens , Perier , étaient ceux de ton âme :
Ta sublime raison , que l'Europe proclame ,
Formait les doux liens de la société ;
La vertu fut ton bien, ta pompe, ton cortége ,
Et l'amour des Français le divin privilége
    Qui fit ton immortalité.

O toi , qui connais tout dans le sein de la gloire ,
Dis-moi quel est le fruit de la grande victoire ;
Où passent les honneurs, les places , les trésors ?
Pourquoi voit-on encore aux rives de la Seine ,
La discorde allumer les flambeaux de la haine
    Et menacer de mille morts ?

Le sage répondit ces paroles sinistres :
« Il est autour des rois, des princes, des ministres,
» D'avides courtisans aux noires passions ;
» Otez le masque saint qui cache leur figure ;
» Ce sont de vils serpens , effroi de la nature ,
    » Qui dévorent les pensions.

» Ecartez ces tyrans dont l'inutile vie
» Boit dans des coupes d'or le sang de la patrie !
» La foudre doit tomber sur les ambitieux :
» Honneur aux citoyens que la vertu renomme !
» Il faut au premier rang replacer le grand homme ,
    » Et frapper le crime odieux.

» Les hautes dignités sont le prix du mérite ;
» Le savoir est un droit, l'ignorance est proscrite ;
» Voilà les titres saints des suprêmes honneurs.
» Le fils d'un artisan, quand il est vénérable,
» Doit plaire au Souverain et s'asseoir à sa table ;
    » Il est digne de ses faveurs. »

Comme il parlait encor, la foudre éclate et tombe ;
Une voix, qui parut s'élever de la tombe,
Par ces tristes accens l'interrompit soudain :
« Cessez, cessez, hélas ! ce langage perfide ;
» Des terrestres grandeurs je n'étais point avide ;
    » Je demandais un peu de pain.

» Les barbares ! eh bien ! ils ont ri de mes larmes !...
» Pour moi l'illusion a perdu tous ses charmes !
» Ils m'avaient tout promis, ils ne m'ont rien donné !...
» Pourtant ! dans les transports de ma brûlante ivresse,
» Je leur ai prodigué mon sang et ma jeunesse,
    » Les ingrats m'ont abandonné !...

» Ils m'ont abandonné !... D'un crêpe noir voilée,
» Dans l'ombre de la nuit, errante et désolée,
» Ma muse, sans asile, expire dans les pleurs !...
» Nul ange n'est venu pour adoucir ma peine !...
» On n'a pas respecté les ordres de la Reine
    » Qui prenait part à mes douleurs !

» Voilà donc quelle était ma haute destinée !
» D'un plus flatteur espoir ma lyre infortunée...
» Mais qui peut se fier aux promesses des grands ?
» Ah ! poètes, craignez cette race perfide !
» Le feu des passions brûle leur âme avide ;
    » Leurs vœux cessent avec les vents.

» Quand je vis, en Juillet, l'odieux arbitraire
» S'abîmer aux éclats du volcan populaire,
» Un riant avenir fit palpiter mon sein!
» Je crus que l'Éternel, vengeur de l'esclavage,
» Des citoyens soldats enflammait le courage,
    » Pour le bonheur du genre humain.

» Hélas! je m'abusais!... le bonheur est un songe,
» La justice un fantôme, et l'espoir un mensonge!...
» L'intrigue insulte encore au mérite indigent.
» En vain il ceint son front d'une triple couronne;
» On admire le Barde et puis on l'abandonne
    » Comme le jouet du moment.

» Mais ne le plaignez point le fils de l'harmonie!
» Il se venge!... le feu qui brûle son génie
» Imprime au front des grands la honte et le remord;
» Plus sûr que le serpent enseveli sous l'herbe,
» Il sait humilier une tête superbe
    » Et braver un injuste sort.

» Ah! que dis-je? ô patrie! ô liberté sacrée!
» Je n'abuserai point de ma muse inspirée
» Pour armer des brigands les avides fureurs;
» Qu'importent tous les maux dont le destin m'accable?
» Je méprise du sort l'arrêt irrévocable :
    » Infamie aux perturbateurs!

» Que l'univers s'écroule à la voix de l'orage!
» La vertu malheureuse est pleine de courage
» Et poursuit son chemin sans prendre de détours.
» Ainsi des vents du nord les bruyantes tempêtes,
» Des astres éternels qui roulent sur nos têtes,
    » N'ont point interrompu le cours.

» Oh! ne la craignez point la muse citoyenne !
» Les chants mélodieux de sa harpe chrétienne
» Versent de doux transports dans l'âme des héros.
» Aux rayons du soleil le cygne étend ses ailes
» Pour épurer l'argent de ses plumes nouvelles
  » Et ne forme point de complots.

» Quiconque a mérité par un acte sublime
» Ou par le noble essor de son cœur magnanime
» De vivre glorieux dans la postérité,
» La lyre du poète, écho brûlant de l'âme,
» Porte son nom chéri dans ses vers pleins de flamme,
  » Jusques à l'immortalité. »

Le poëte se tut : sa plaintive éloquence,
Organe attendrissant de sa longue souffrance,
Accuse le pouvoir d'une injuste rigueur...
Ah! si ma faible voix frappe au cœur de la Reine,
Si le Roi des Français connaît un jour sa peine ;
  Ils sont nés pour notre bonheur.

Perier, à ce récit, promène un œil farouche ;
Des mots mystérieux, échappés de sa bouche,
Révellent de son cœur le pénible tourment :
Comme des feux roulans sous des nuages sombres,
De ses tristes pensers je vis passer les ombres
  Sur son visage frémissant.

Mais l'esprit dissipant de soudaines alarmes,
Et son front par degrés brillant de divins charmes,
Comme un astre qui luit à l'approche du soir,
Sa voix de Séraphin à mon âme ravie
Annonçant le bonheur de ma chère patrie,
  Ranime ainsi son tendre espoir.

« Barde, console-toi, l'œil de la Providence
» Protège les enfans du beau pays de France !
» Célèbre son destin avec un noble orgueil :
» Ses villes, ses palais, ses vallons, ses montagnes
» Et les riches moissons qui dorent ses campagnes
  » Ne seront plus couverts de deuil. »

Il dit et s'élança dans la voûte sacrée ;
Mes yeux suivent long-temps son ombre révérée
Et nagent dans les flots d'un océan d'azur ;
Mais s'élevant toujours sur des ailes de flamme
Au sein des globes d'or que franchit sa grande âme,
  Il disparaît dans un ciel pur.

Ah ! quand du jour sans fin il entrevit l'aurore,
Pressant contre son cœur l'épouse qu'il adore,
Il fait à son pays les plus touchans adieux !...
Aujourd'hui descendant des célestes domaines,
Ce glorieux flambeau des grandeurs souveraines
  Nous apporte un rayon des cieux.

Français ! plus de complots ! plus d'odieux mensonges !
Goûtons le doux sommeil que bercent de doux songes !
Le bonheur, c'est la paix ; elle est dans l'union :
Si l'Orient en feu nous déclare la guerre,
Comment braverons-nous son immense cratère ?
  La mort, c'est la division.

L'Europe, l'arme au bras, a les yeux sur la France.
Comment défendrons-nous l'honneur, l'indépendance,
Si nos sanglans discords embrasent notre cœur ?
Voyez à quels périls la haine s'abandonne !...
Voulez-vous qu'un Baskir abatte la colonne,
  Et vous écrase en sa fureur ?

Ah! par nos vieux guerriers, par trente ans de victoire,
Par ce noble drapeau, symbole de la gloire,
Rallions-nous, amis, pour le jour du danger!
Sous un Prince éclairé, juste, loyal et sage,
Dont l'âme réunit les vertus au courage,
    Que nous importe l'étranger.

Deux monstres acharnés, également funestes,
Vous offrant le bonheur sous des charmes célestes,
Sèment en ce moment la discorde en tout lieu;
Soyez prudens, suivez mes conseils salutaires:
Entre ces deux partis extrêmes et contraires,
    Prenez tous le Juste-Milieu.

FIN DU TROISIÈME ET DERNIER CHANT.

FRAGMENT

D'UN DRAME EN CINQ ACTES ET EN VERS*.

Gaspard, échappé des prisons de l'inquisition où ses deux filles gémissent encore, est entouré de quelques amis fidèles et dévoués. Il est nuit, il tonne et il éclaire souvent.

GASPARD.

Quel orage ! le ciel est enflammé d'éclairs !...
Je voudrais que ce fût la fin de l'univers !...
O mes filles !...

UN CONJURÉ.

Seigneur, on les aura sauvées...
Prenez un peu de calme...

GASPARD, *dans la plus grande affliction.*

Ah !

LE MÊME.

Elles sont arrivées
Au sein d'un peuple immense armé pour la vertu...

GASPARD.

C'est en vain que pour elle il aura combattu :
Je vois le monde entier agité dans l'espace ;
Toutes les passions s'en disputent la face :
La foudre, l'océan, les volcans et les vents
L'ébranlent tour-à-tour jusqu'en ses fondemens ;
L'homme, insecte rampant au-dessous des nuages,
Est l'éternel jouet des éternels orages !...
Je regrette mes fers que vous avez brisés !...
Je voudrais que le ciel, en torrens embrâsés...

LE MÊME.

Seigneur, le désespoir vient accabler votre âme !
Qu'un plus doux avenir la transporte et l'enflamme !
Voyez de toutes parts les peuples révoltés !
Les moines, poursuivis dans nos grandes cités,
Ne trouvent déjà plus où reposer leurs têtes !
Tout sourit à nos vœux ; des phalanges sont prêtes,
Dieu même...

GASPARD, *avec un sourire amer.*

Pauvre ami !...

LE MÊME.

Seigneur...

GASPARD.

Que me dis-tu ?
Quand le crime, en tous lieux, se proclame vertu,
La gloire n'est qu'un mot, l'honneur n'est qu'un mensonge.
L'enfer un noir fantôme et le ciel un beau songe.
Le seul mal c'est la vie, et le seul bien, la mort :
La crainte du supplice éveille le remord,
Bourreau de l'insensé, chimère de l'enfance,
Que méprise le sage et que craint l'ignorance.
Honneur, crime, vertu, probité, mal ou bien,
Ces mots, vides de sens, ne ressemblent à rien.
Voilà des vérités de quarante ans d'étude ;
Voilà ce qui nourrit ma vague inquiétude.
Pour un homme qui pense et froisse le tombeau,
Le monde est un chaos et la vie un fardeau...
Vivre toujours ici !... pourquoi ? quelle espérance,
Quel plaisir inconnu s'attache à l'existence ?
Pour n'entendre et ne voir que les mêmes objets ?
L'orgueil dans ses fureurs ? la haine en ses forfaits ?
Passer dans le dégoût des jours pleins de tristesse ?
Combien d'infirmités accablent la vieillesse !
Des peines à souffrir, mille maux déchirans,

Voilà ce que l'on gagne à vivre trop long-temps!...
Un arbre décrépit n'a plus que les racines :
Le vieillard, au milieu de ses propres ruines,
Accablé sous le poids de sa caducité,
Sans force, sans raison, sans goût ni volonté,
N'offrant plus aux regards que la forme de l'homme,
Étend ses bras flétris pour saisir un fantôme ;
Mais, hélas! le bonheur n'a fait que l'éblouir!
Il faut avoir des sens pour pouvoir en jouir,
Et les siens sont éteints depuis longues années!...
La fortune ne peut changer nos destinées :
La gloire des héros, la majesté des rois,
Comme l'humble mortel retiré dans les bois,
S'abîment à la fois dans ce séjour de larmes!...
La mort, mes bons amis, la mort seule a des charmes.

ACTE QUATRIÈME.
SCÈNE SEPTIÈME.

* Ce drame, qui peint les atrocités des moines inquisiteurs,
en Espagne, vers la fin du 14e siècle, a été jugé, le 28 mars
1832, par MM. les Membres du Comité de lecture du Théâtre
Français, comme un ouvrage *écrit avec beaucoup de talent et
de vérité, et susceptible du plus grand effet sur la scène.* Ce
sont les propres paroles du Rapport. Cependant il n'a point
été représenté!... Le marasme du théâtre, les temps mauvais
et surtout le dégoût de l'Auteur pour les intrigues, les tracas-
series et les supplications, en ont été la cause. La pièce, telle
qu'elle a été lue par le Comité, avec le Rapport qu'il en a fait,
paraîtra, le mois prochain, chez Barba, Libraire, au Palais-Royal.

www.ingramcontent.com/pod-product-compliance
Lightning Source LLC
Chambersburg PA
CBHW061617180626
46818CB00005B/2117

LES AMUSEMENS
DE LA SOCIÉTÉ,
OU
POESIES DIVERSES.

COUPLET DE SOCIÉTÉ.

Air du Vaudeville du Sorcier.

VIVE l'aimable compagnie,
Qu'il est doux de la rencontrer !
Loin de nous la mélancolie,
Qu'elle n'ose pas se montrer ;
Mais que la gaieté, l'allégresse,
Nous accompagnent à chaque instant,
Goûtons tant, tant, tant, tant, tant, tant,
Du plaisir la délicatesse :
Que chacun dise à tout moment,
    Je suis content,
    Je suis content.

EPITHALAME.

C'EST dans ce grand jour que Philis
Se doit unir avec Tircis,
Il faut que chacun s'apprête
A chanter cette belle fête,
Et que dans ce lieu l'allégreſſe
Nous faſſe répeter ſans ceſſe,
Que tous leurs jours ſeront heureux,
En conſervant les mêmes feux ;
Mais qu'il n'eſt point d'Hymen plus doux
Que lorſqu'un cher & tendre Epoux,
A ſon devoir toujours fidelle,
Après neuf mois ſe renouvelle.

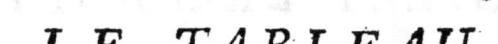

LE TABLEAU
D'UN BON MÉNAGE.

Air *du Vaudeville du Devin de Village.*

VIVE la bonne intelligence
Que l'on voit dans ces deux Epoux ;
Il faut admirer leur conſtance ;
De l'imiter, ſoyons jaloux :
Toujours pour ſe plaire
    Et ſe ſatisfaire,
Il font naître de leur ardeur
    Le vrai bonheur,
    Le vrai bonheur.

VERS

A DAME CAROLINE-ESTHER-JUDITH,

*COMTESSE DE***.*

CAROLINE-Efther & Vénus,
Forment l'union des vertus :
Qui connoît le mieux fa perfonne,
Sçait qu'elle mérite une couronne.
Judith, je l'entends appeller,
On ne peut mieux lui reffembler;
Je remarque dans fon langage
Qu'elle en a le cœur, le courage.

L'ÉLOGE DE SILVIE.

AIR: *Votre cœur, aimable Aurore.*

VOs attraits, belle Silvie,
Sont les rofes du printems;
Votre efprit, fans flatterie,
Réunit tous les talens :
Du defir de fatisfaire,
Et de flatter votre cœur ;
Celui qui cherche à vous plaire
Fera naître fon bonheur.

SUR ***.

AH ! qu'on eſt bien chez * * *,
Y manger, quel heureux deſtin !
Ami, bornant là ſon ſervice,
Il ne connoît point d'autre office.

LA FÊTE DE BACCHUS.

AIR: *De Pillardin , l'autre jour.*

AMIS, il faut dans ce feſtin
Honorer la bouteille ,
Enivrons-nous de ce bon vin,
Ce doux jus de la treille :
Quand j'ai le verre en main
Je ſuis comme un luttin,
Je défie le deſtin.
Pour boire le matin,
Et conſerver mon teint,
Toujours je me réveille.

PORTRAIT

DE MADEMOISELLE ***.

LE caractère le plus aimable,
La douceur & l'honnêteté
La rendront toujours préférable
A la plus grande ſociété.

LES AMANS BROUILLÉS.

Air du Menuet d'Exaudet.

JE reçois,
Tu le vois,
Ton hommage,
Je le crois, en vérité,
De la sincérité
Le gage :
Mais un coup-d'œil m'inquiettes ;
Tu n'es pas bien en manchettes,
Il en faut à l'éfilé,
Du mieux conditionné
Achetes.

Si l'amour,
A mon tour,
Me raffure,
J'aime un Amant du bon ton ;
Qui, en froide faifon,
Soit garni de fourrure :
Sans éclat,
Cet état
Eft d'un homme
Qui veut complaire à mes yeux ;
Sans quoi tout amoureux
M'affomme.

A iv

AIR : *Adieu donc , Dame Françoise.*

Adieu donc , la belle amie ,
Pour qui j'ai tant soupiré ,
A jamais je vous oublie ,
N'aimant pàs l'habit fourré ;
Car moi qui suis sans façon ,
Je crois bien que ma personne ,
Quoiqu'on dise & qu'on raisonne ,
Vaut les fourrés du canton ,
Je vous quitte , ma mignonne ,
Et je méprise le ton.

RÉPONSE

A UNE CRITIQUE,

SIGNÉE L'ANONYME.

QUI que tu sois, mon cher , bâtard ou légitime ,
Puisque tu le veux bien , passe pour anonyme :
Tous tes Vers languissans , d'Apollon désavoués ,
Ressentent le néant dont tu les as tirés ;
Cache-toi, suffisant, excrément de Poésie ,
Crois-moi, tu n'es qu'un crâne , un très-petit génie ;
Il n'est aucun Auteur , voulant en lice entrer ,
Qui , faisant de bons Vers , hésite à se montrer :
Sur les défauts d'autrui , l'on peut hardiment rire ,
Et pour le corriger employer la satyre ;
Mais tout Auteur qui veut ne passer pour un fot,
Craint de se faire voir , s'il ne dit un bon mot.

L'AMANT MÉCONTENT,

AIR: *Le cœur de mon Annette.*

VOs rigueurs, belle Brune,
Ne font que m'engager,
D'où vient tant de rancune ?
Ne faut-il pas aimer ?
    Eh ! mais oui-dà,
    Je ne vois pas
Qu'il y ait de mal à cela.

La Divinité même
Se laiſſe bien fléchir ;
Parce que l'on vous aime,
En faudra-t-il mourir ?
    Eh ! mais oui-dà,
    Je trouverois
Beaucoup de mal à cela.

Pourquoi cet air ſauvage,
Cette grande fierté ?
Ma foi, c'eſt faire outrage
A ma ſincérité,
    En vérité,
    Je me dégage,
Aimant ma liberté.

PORTRAIT

DE L'ARIDENNE.

IL ne faut pas prendre la peine,
De prôner ici l'Aridenne,
Loin qu'on admire son maintien,
Ni bien, ni beau, l'on n'y voit rien :
Le faisant, Nature étoit lasse ;
De figure, il faut qu'il se passe,
Et ses jambes comme deux fuseaux
Ont, parbleu, l'air de chalumeaux.

CRITIQUE

SUR LES LETTRES DE MADEMOISELLE ***.

'AIR : *Du Vaudeville du Maréchal.*

IL est tombé entre mes mains,
Trois Billets doux & des plus fins,
J'en ignorois la destinée ;
Mais l'écriture m'a tout dit :
Ah ! quel plaisir quand on les lit,
J'en ris à gorge déployée,
   Tôt, tôt, tôt,
   Battez chaud,
   Tôt, tôt, tôt,
   Bon courage,
Je vois qu'on a cœur à l'ouvrage.

PORTRAIT

D'UN CAPRICIEUX,

VOIT-ON l'homme le plus habile
Dire que l'amitié De***
Ne soit autre part comme ici
Pareille au verre le plus fragile.

LA FEMME

MÉCONTENTE.

AIR: *Du Vaudeville des noces d'Arlequin, de la Comédie Italienne.*

AH ! quel outrage !
En mariage,
Non, mon mari
N'a rien fait jusqu'ici :
Que l'on enrage,
Pour être sage !
L'encourager, est toujours mon parti ;
Mais de l'amour l'on abhore l'usage,
Si d'un Poupon l'Hymen n'est pas suivi.
Ah ! quel outrage !
En mariage,
Non, mon mari
N'a rien fait jusqu'ici :
Ah ! quel tracas !
Quel embarras !

AIR : *Des pois écossés.*

Non, je n'y puis résister,
Et résous de me venger :
Une femme m'insulter,
 Sans le mériter,
 Sans le mériter,
Je veux, comme un bon luron,
Lui faire un joli garçon,
Lui faire un joli garçon.

AIR : *Va-t'en voir s'ils viennent.*

Va-t'en donc lui dire, Jean,
Lui dire qu'il vienne,
Mon mari, point de maman,
J'entrevois ta peine,
Va-t'en donc lui dire, Jean,
Lui dire qu'il vienne.

SUR LA DURETÉ
D'UN CARACTERE.

LA dureté de mon caractère
M'ayant empêché de rien faire,
Que les Gens de goût puissent aimer,
Je me suis fait un ✳ ✳ ✳,
Dès ce moment je puis écrire,
Je me vois hors de la satyre :
Si elle étoit assez hardie,
Pour me jouer à la Comédie,

De mon droit je ferois usage,
Et la ferois devenir sage,
Pour réconfort je suis pourvu,
Ne craignant pas d'être cocu.
D'une femme qui n'est pas jolie :
Mais eût-elle l'air d'une momie,
Elle est la fille d'un ★ ★ ★,
Et sa dot me sert à frayer
Aux dépenses que je dois faire,
Pour conserver mon caractère.

A i r : *Partez quand vous voudrez ; quant à moi je demeure.*

Le Pays de ★ ★ ★ est bon pour les anguilles,
Mais on voit peu de filles
Qui n'ayent un air commun,
Au Pays de ★ ★ ★.

PORTRAIT
D'UN VANITUEUX.

A i r : *De tous les Capucins du monde.*

Remarquez donc bien la figure
De ce vrai pourceau d'Epicure,
Et son esprit se relâcher
Comme les cordons de sa bourse ;
Je crains de le voir trébucher
Dans le beau milieu de sa course.

CRITIQUE SUR LES VERS
DE M. ***.

TOUs tes Vers ne font que chimère,
Tu t'applaudis de leur beauté ;
Mais quand toi feul les confidere,
L'on n'y voit qu'imbécillité.

SUR LE CHATEAU DE BRIE.

AIR : *Annette à l'âge de quinze ans.*

DE Brie j'admire le Château,
Il eft conftruit d'un goût nouveau ;
Que le coup-d'œil en eft frappant !
 Architecture,
 Vive peinture,
 Tout eft charmant.

VERS
SUR LE MARIAGE.

LOrsque tu fonge au mariage,
Crains le diable dans ton ménage ;
 C'eft bien le meilleur des avis
 Qu'on peut donner à fes amis.

BOUQUET

POUR M. ***

QUI SE NOMME FRANÇOIS.

Air du Vaudeville, On ne s'avise jamais de tout.

DE Saint François nous célébrons la Fête,
Heureux celui qui en porte le nom,
Il a formé le doux nœud d'un cordon
Qui enchaîne une belle conquête :
De deux beaux yeux admirons le vainqueur ;
   Qu'il jouisse
   Du délice
  D'un parfait bonheur ;
  Déja il a l'avantage
   D'avoir un gage
   De son ardeur,
   D'avoir un gage
   De son ardeur.

M. ***. fort heureux
De ne jamais être amoureux,
Traverseroit toute la ville
Sans regarder aucune fille.

COMPLAINTE

SUR LA MORT D'UNE DAME.

Air: *Approchez-vous , honorable affiftance.*

Ecoutez tous cette trifte aventure
D'une Dame morte au bout de trois jours ,
Elle eft mife dedans la fépulture ,
Sa mémoire je pleurerai toujours.
    Elle étoit belle ,
    Même pucelle ;
    Car fon mari
    Ne fit rien , Dieu merci.

Regrettons-la cette Beauté charmante ,
Faifons des vœux pour fa félicité ;
Si dans ce monde elle ne fut pas contente ,
Elle le fera dedans l'éternité.
    La vie joyeufe
    Et bienheureufe ,
    Sera le prix
    De fa virginité.

LE MARIAGE

LE MARIAGE
DE CÉLIMENE.

Muse, ne prends donc pas la peine
De chanter ici Célimene;
La beauté, l'esprit, l'enjouement,
N'ont pas besoin de ton talent.

Les Ris, les Plaisirs & les Graces,
Que l'on voit naître sur ses traces,
Ne doivent point avoir recours
A la grandeur de tes discours.

Son cœur a la naiveté,
C'est la plus belle qualité;
On doit préférer sa personne
Aux faux attraits d'une couronne.

Que de l'Epoux, la vive ardeur
Accomplisse en tout son bonheur,
Que son heureuse destinée
Lui procure une prompte lignée.

L'AVEU INDISCRET

D'UN NOUVEAU MARIÉ

A SON ÉPOUSE.

Air *du Vaudeville des noces d'Arlequin.*

MA chere amie,
J'ai fait la vie,
Prends fans effroi
Ce qui refte pour toi ;
Bonnes fortunes,
Blondes & Brunes :
Jamais Galant n'en a vu plus que moi.
Si ton penchant te porte à la vengeance,
Il faut toujours garder fon quant-à-foi :
Avec prudence,
Et patience,
Oui, je fuivrai la commune Loi,
De bonne foi,
De bonne foi.

NE vas jamais chez * * *
Si tu veux boire de bon vin,
Comment peut-il donner du bon,
Dès qu'il paffe pour un * * *

LE PORTRAIT

DE LA***.

AIR : *Stilà qu'a pincé Bergop-zoom.*

L A*** fans façon,
M'a fait accueil en fa maifon,
Sans prétendre aucune finance,
Se trouvant fort dans l'opulence.

E L L E me paroît d'un très-grand ton,
Sa voix eft mâle tout de bon,
Son arrogance eft fans pareille,
Ce qui lui convient à merveille.

Que faire d'un tel animal ?
Faudra-t-il lui donner le bal ?
La ferons-nous entrer en danfe ?
Mais elle n'en vaut pas la dépenfe.

VERS A M. ***.

Se chantent fur la Mufique des Cathogans.

L A vertu, la longue expérience,
L'étude des Loix, la fcience
Viennent de le récompenfer;
*** va fans balancer,
Occupant le Lit de Juftice,
Combattre & terraffer le vice,

B ij

Sur la droiture de son cœur
Chacun assure son bonheur.
Quel destin quel heureux présage !
Je vois disputer l'avantage,
De l'aimer, le féliciter,
Et de sçavoir le respecter ;
Jamais il ne prendra pour guide
L'esprit d'un intérêt avide.

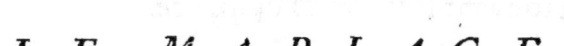

LE MARIAGE
DE NICODÉME,
AVEC MADEMOISELLE ***.

AIR : *Tous les Bourgeois de Châtres.*

L'AMOUR, sur toute chose,
Est docile à ma voix ;
Quoique chacun en glose,
Je viens de faire un choix,
La femme que je prends
M'a d'abord parue laide ;
Mais le bruit qui court au Pays
Qu'on voit cocus tant de maris,
Fait enfin que je cede.

Son froid, sa tempérence
M'assurent de sa foi,
Toujours la continence
Est ma suprême Loi,

Je ne fuis point courtois,
Je n'en ai pas la mine,
Je crains l'amour, ce fin matois:
Car un feul trait de fon carquois,
Cauferoit ma ruine.

RÉPONSE

A UNE CRITIQUE.

J'Ai vu tes Vers boiteux & fades,
Plufieurs m'ont paru fort mauffades
Et très-contraires à la raifon,
Ils m'ont tenu lieu de coton.

ÉLOGE DE MADAME ***.

AIR *du Vaudeville, On ne s'avife jamais de tout.*

QUE de ***, le fort eft agréable !
Chantons l'Iris, dont il eft partagé,
Dont l'enjouement, la douceur, la gaieté,
Font un portrait des plus aimable.
     Il doit avec empreffement,
          Pour lui plaire,
          Satisfaire,
     Son vœu, fon tourment.
     Un Poupon, faut-il le dire ?
     Elle defire, même un garçon,
     Elle defire même un garçon.

VERS SUR ***.

L'Autre jour on dit qu'un ***
Vouloit affurer que la terre
N'étoit pas digne de le porter,
Depuis peu l'on vient d'inventer
La plus agréable voiture,
Décorée, garnie de dorure,
Qui fert à voler dans les airs,
Et parcourir tout l'Univers;
C'eft à bon droit qu'on lui deftine
Une auffi précieufe machine.

Air *des Pois écoffés.*

PAR ma foi, mon cher Baton,
Vous avez un beau jargon,
Allons, gai, & fans façon,
Dégagez-vous donc,
Dégagez-vous donc,
Allons, gai, & fans façon,
Prenez l'air d'un bon luron,
Prenez l'air d'un bon luron.

LE MEUNIER DE***.

DE quantités de bleds, loin que l'on magazine,
Il faudra se résoudre à les mettre en farine :
Pour trouver un moulin dont le travail soit bon,
L'on pourra s'adresser au M... de ***.

L'A N E de ce moulin sert au fort de l'ouvrage,
Avec son cher M... il fait très-bon ménage :
Pour adoucir sont sort, on prend toujours le soin
De le fournir de son, avec beaucoup de foin.

N E différez donc pas, suivez votre entreprise,
L'on ne peut s'y tromper, & crainte de méprise,
Au-dessus du moulin on lit l'Inscription
Ecrite en lettres d'or: A... M... de ***.

SUR UN MARIAGE.

AIR: *Jusques dans la moindre chose d'on ne s'avise jamais de tout.*

VOUS n'avez pas ma jeunesse,
Mais vous avez tout mon bien ;
Recevez donc ma tendresse,
Du reste ne dites rien ;
J'ai une belle vieillesse,
Et je vaux mon pesant d'or,
N'ayez aucune tristesse,
Car je vous ai fait un sort.

B iv

S ı vous n'avez pas de caufe,
Nous en ferons mieux l'amour,
Plus L ✶✶✶ dit de profe,
Moins il eft bon au retour,
En contractant l'Hymenée,
Ce n'étoit pas pour plaider
C'étoit pour avoir lignée,
S'il eft temps de commencer.

VERS

AU BAILLI DE✶✶✶.

Se chantent fur l'air : Stila qu'a pincé Bergop-zoom.

QUEL avantage pour ✶ ✶ ✶,
D'avoir un Juge dont le nom
Depuis très-long-tems fe fignale
Au Barreau de la Capitale.

AMATEUR de la vérité,
Son fçavoir, fon intégrité,
De l'orphelin font l'affurance,
De la veuve il prend la défenfe.

ET les vengeant avec ardeur,
Il les fouftrait à l'oppreffeur,
Autant devons-nous en attendre
Dans les jugemens qu'il va rendre.

BOUQUET

POUR DEMOISELLE MARGUERITE***.

AIR : *De tous les Capucins du monde.*

C'EST la Fête de Marguerite,
Mufe, je veux que tu m'acquitte
Du devoir le plus refpectueux :
Comment exprimer fon mérite ?
Qui pourroit le connoître mieux
Qu'un cœur où toujours elle habite ?

LE MARIAGE

DE COLINET ET LUCETTE.

AIR : *Le cœur de mon Annette.*

COLINET fe marie,
C'eft ma foi tout de bon,
Sa principale envie
C'eft d'avoir un garçon,
De fa façon,
Sans raillerie,
Il a ma foi raifon.

QUAND une Epoufe aimable
Nous a promis fa foi,
L'Amour le plus durable
Doit être notre loi,
Et fon maintien,
D'être agréable,
Eft le plus fûr moyen.

AIR: *Du Menuet , Quel caprice.*

OUI, vos charmes,
M'ont, fans allarmes,
Oté les armes ,
Aimable Philis;
Votre image
Eft fans partage ,
Un affemblage
Des jeux & des ris.
Pourriez-vous donc avec fureur
Vous oppofer à mon bonheur?
Quel châtiment pour un Amant ,
Tendre & fidéle ,
Et dont le zèle
Fait tout fon tourment !
Quel hommage
Et quel langage ,
Avec courage ,
Faut-il employer ?
Ah ! Bergere ,
Un caractère ,
Doux & fincere ,
Peut feul vous toucher.

SUR LA MAISON DE FARCY,

VIS-A-VIS BOISSETTE,

PRÈS MELUN.

AIR : *Du Vaudeville du Maréchal.*

AH! le joli lieu que Farcy !
Par la Nature il eſt chéri ,
Que le coup d'œil eſt agréable ,
Que les boſquets y ſont charmans !
C'eſt le ſéjour pour des Amans ,
Le plus beau , le plus favorable ,
    Tôt, tôt, tôt ,
    Battez chaud ,
    Tôt, tôt, tôt ,
    Bon courage ,
Il faut avoir cœur à l'ouvrage.

LE DEBUT D'UN AMANT,

ENVERS SA MAITRESSE.

AIR: *Du Vaudeville d'On ne s'avise jamais de tout.*

DÈs le moment que je vis ma Bergere,
Ses deux beaux yeux me ravirent le cœur,
Ses doux attraits, sa beauté, sa candeur,
Possedent mon ame toute entiere,
Que le bonheur d'un parfait retour
      Récompense
      La constance,
     D'un sincere amour,
    Je vis dans cette espérance;
Et je n'attends que cet heureux jour,
Et je n'attends que cet heureux jour.

REPONSE.

AUX VERS DE LUCAS.

AIR: *De tous les Capucins du monde.*

SI Lucas sçait très-bien écrire,
Il donne trait à la Satyre,
Quand il veut composer des Vers,
Sa Muse ne vaut pas le diable;
Il met le bon sens à l'envers,
Et le style en est pitoyable.

LE TRIOMPHE D'IRIS.

AIR NOTÉ.

La Musique & les Accompagnemens sont chez l'Auteur des paroles

I R I S , à jamais je vous aime,
Je l'atteste par vos appas,
Et si vous ne m'en croyez pas,
Consultez-les vous-même ;
En doutez-vous , lorsque vos charmes
De mes yeux font couler des larmes :
Regnez , remportez la victoire ;
Mais à quoi sert de triompher ,
Si dès l'instant à pardonner ,
Lon ne sçait employer sa gloire ?

LES CATHOGANS
ET FRISURES.

AIR NOTÉ.

La Musique & les Accompagnemens sont chez l'Auteur des paroles.

M A foi, n'ayons aucun scrupule
D'annoncer comme ridicule,
L'usage que l'on suit ici,
De chez nous le goût est banni,

Nous voyons prendre la licence
De quitter toute bienféance ;
Jamais fille ayant des Amans,
Ne les voudroit fans Cathogans,
Sa frifure, que rien n'arrête,
Va dix pieds par-deffus fa tête ;
Celle-là fe fait couronner,
Qu'on ne voit pas le mériter :
Convenons donc fans raillerie,
Qu'en ce tems tout n'eft que folie.

LE CONTRASTE

DE L'ARIETTE

SUR LES CATHOGANS.

DOIT-ON fans ceffe s'appliquer,
A raifonner & critiquer,
Sur les têtes à grande frifure ;
L'on a tort, aimons la parure,
De Philis elle eft l'ornement,
Sans cela jamais d'agrément.

Que penferoit-on d'une Belle
Qui, de rubans & de dentelle,
Se couvriroit bien le cerveau ?
L'on n'y trouveroit rien de beau :
Si fa coeffure eft élégante,
Alors elle paroîtra charmante.

METTONS à l'écart la Satyre,
Le meilleur parti c'eſt d'en rire ,
Elle ne vient que de vieux Barbons,
Ne viſitant que leurs tiſons :
On peut ſe flatter d'être ſage,
En rendant au beau ſexe hommage,

F I N.

www.ingramcontent.com/pod-product-compliance
Lightning Source LLC
Chambersburg PA
CBHW061608180626
46818CB00005B/2000